Hoshide Touma Senryu collection

川柳句集

星出冬馬

再生の命ライオンでありたし

新葉館出版

父上様
母上様
恙なしや

冬馬

再生の命ライオンでありたし

人は生まれた瞬間から、いのちの終着へ死に向かっての旅が始まる。上句の「再生の命」は生まれ変わった命、即ち二度目、再びの命である。これは肉体の生まれ変わりではないだろう。下五の「ライオンでありたし」の祈りのような願いの言葉に胸を衝かれる。幾層にも入りくみ絡む時代に生きて、深い疲労感と挫折感の檻の中でもがく私たち。精神的にうちのめされた今日の命を、奮い立ち上がらせるエネルギーと勇気。再びの命は、百獣の王のように雄々しくあれ、という願いであり、集句中にピカ一の独創性を買うものである。

（第一四九回「川柳道」特選／題「二番」／選者　雫石隆子）

星出冬馬川柳句集 ■ 目次

星出冬馬川柳句集

はてさて

愛の字を倍にするから砂になる
踏まないで夢の欠片でいたいから
出会うまで敵は届かぬ星だった

灰汁ぬいてみたら余った接続詞

魂は売らぬと決めて干涸びる

アロマ一滴足して吐息を薔薇にする

疑似恋愛シナトラを聴く午後の椅子

猟奇的わたしは兵士酸化せず

細胞がひりひりしてる鎖骨抱く

ゴスペルの流れる町で死を思う

老いるとは無言で迫るテロリスト

楢山にかける表札蓼の虫

科め雨男をのんだ曲り角

わたし吐くわたしの頁寒い色

不器用で土砂降りの日も面被る

沈黙は服従と知るにえたぎる

おせっかい被害者意識ロゼワイン

まだ跳べるのたうちまわる私いる

酔狂に生きて毒吐く石を吐く

ピリオドを打たれてからのゴビ砂漠

都市砂漠老人二人干してある

流木の孤高の流れ神の舟

野生種がもらった恋の痛み止め

眩しくて青い匂いに凍る髄

触れないで卒倒します接続詞

罠だろうポップコーンの白い嘘

立ち枯れる方程式で欠けていく

二ン月の荒野が続く髪洗う

背きしはきっ先向けたわが胸に

瘡蓋は埋み火のごと燃ゆもしも

衣剥ぐなかったことになぞ出来ぬ
眼を凝らし背きしものにルビを振る
ふれないでペンキ塗りたて反戦歌

女偏ぬいでシンプル死ぬ仕事

闘いのポーズのオフで鎧脱ぐ

しなやかに老人力の薄化粧

ところどころビブラートです泣いたから
レモン噛む哀しい過去が裏返る
おしずかにあの人が来るはずでした

アベマリア祈りが溶けた雪の町

脳回路火の橋切ったのはだれだ

あの人の席だと思う黒茶碗

ひらがなの問いに鎖骨の勘違い

おかげさま水の音する台所

バラ百本出番待ってるソンブレロ

フルーツゼリー秘密を抱いて眠れない

次はいつ真っ赤な薔薇の声で言う

パズルだけ埋めてぬるま湯冬の蝿

かぎりなくグレーが続くわが戦

輪郭をぼかして立っているかしこ

フランスパン持って街角パリの朝

あの時のハグは男のハイボール

錯覚の森を裸足で冬のバラ

ポリシーは曲げない蟻の自分流

落丁の頁女のいくさ裏返る

解答の出ない祈りに膝を折る

ものの芽に神の掟のなみだいろ

認知症父は陽気なブリキの絵

プライドってフランス料理カタチして

スープだけ濃厚でした冷えてます

灰汁はもう抜けたでしょうか呼吸法

濡れたままガラスの靴を脱ぎました

魂を売らぬ鎧はまだ脱げぬ

カレーにはどんな皿でも着てみせる

老け方を互いに競う露天風呂

華麗なる変身でした特技犠打

ひねもすを金魚動かず何かある

ビンの蓋罠だと思うレモン水

横向いた女の園の白いばら

加齢など海のもずくの０番地

右脳からメルトダウンの枝がのび

男一匹方程式の塔を蹴る

毛筆の自負ハイテクをよせつけず

ばら抱いて叩く黄昏色の窓

錆びていく右脳左脳が踏むルンバ

公園の哀れを引いた虎落笛

老い支度私の舟が加速する

お帰りは何時ですかと聞くスマホ

子供の日母の日無くて老い一人

原点は未来図書いたみかん箱

スクラムを組んで化身の彼岸花

冬が来る語らぬ大地正座する

無に返る母の讃美歌森になる

善人にされて少年老いてゆく

そして

さよならの扉のベルは二度鳴らぬ

わたくしの事情で泣いているのです

ひらがなの貌して母の液状化

美のかたち心のひだに母の雪

ウィッグに形状記憶若づくり

規格外だから私は並ばない

フランス小咄私が溶けているのです

谷折りと山折り見せて父の文

赤とんぼ化身の花に恋をする

もひとりの私が嫌う横並び

いつだって迷路あなたはガラパゴス

今朝もまた神と私で編む歩幅

瞑想の回路で捨てる今日の鬱
生前葬もう約束は出来ません
身はひとつこの世の今が手に落ちる

子育てと仕事私はド真ん中

流木の一つだろうかひとり飯

風の音溜めてみました淋しくて

盤に散る遅咲きの花一手決め
人間にもどるメニューは非売品
温室の薔薇はこころを売りました

触れないで待ってるだけの嘘ひとつ

B面で野心を抱いているのです

一灯をかかげ是々非々パンのみに

まだあげそめしりんご不揃い
うっかりと櫻の蜜を吸いました
オムレツを返す手前でする偽装

明日きっと化学反応する私

蛇にピアス女は舌で化身する

おたよりくださいお渡ししします心の灯

反骨の虫一匹の血は濃いく
百花繚乱少女の羽化も前倒し
歓声で空がはじけた日の記憶

未送信ファイルに残る君が好き

イントロが利き過ぎました恋終わる

りんご齧るかなしい音が抱きにくる

身の丈の暮らしラジオが酸素くれ

雑草の教え心の鍵とする

ああ結婚ひとつ選べと神は言う

胸底に静止画面の恥が棲む

まだ蕾未来の花は歯が白い

いいヒント五線紙の上踊り出す

不器用に生きてきたけど空が無い

ネバーギブアップ野ざらしの身もやがて冬

思春期に読んだ破戒で決めた道

堂々と哲学書持ち来たミイラ

モノクロのドラマがひいた絵図歩く

主語の無い切り捨てられたパンの耳

逆らえぬ運命でした回遊魚
羊水の中で運命流れ聴く
意味不明そこが私の非常口

やんわりと言葉の奥にしつけ糸

どん底へ神のつぶやきだけ聞え

この紐が解けたら風とあうでしょう

人縛る言葉シャワーのようにかけ
恋しくて月の欠片を食べました
この次はクリーニングに出す私

デパートでおしゃれ泥棒そっと買う

二次会は女の嘘も化粧する

ファシズムの修正液に人柱

双璧が何だ冥途は同じ道

黄金比花のドラマの巡り合い

宝石に無縁の暮し豆を煮る

ずぶ濡れのラムネの玉は光らない

骨董が時代屋の貌ひっさげる

帰る舟帰らない舟祈りの灯

落丁の空白うめる酒と辞書

負ける気がしないエレベーターの地下

人間を脱いだその日の違う顔

生きてきて使い果たした裏表

譲れない丹田に抱く杭ひとつ

人間が何だ孤高の尾骶骨

調律の出来ないピアノ私です
魂の壁にささった振り向かぬ
放置した時代の縫目モーゼ立つ

一直線用意しました平和論

ほんものの男はいないきな臭い

ジェネリック変えてみますか処方箋

もう合えぬ父のラッパの水彩画
ゼロ番地ベビーシューズが見る未来
人間の地図につれづれぶら下げる

平和ボケ紙ヒコーキを折っている

爪に火をともし法度の砌生き

子のいじめ叩く戸びらが開かない

それから

メイドインジャパンのリズム褪せてくる
猟奇的私の中のポピュリズム
栄光の男がのったフライパン

一の矢を避けて二の矢も先送り

八月の空は分解されぬまま

戦場は学校と知る銃は無い

指先で時代を捲るデジタル化

疑問符が解けてゴッホの空が見え

原色の女が練った橋の色

望郷のナポリの港恋う男

象の眼の奥で戦後は生きている

軍服を着たまま父は生きている

人間の形で泪落ちてくる
もう乗れぬ手垢のついた免許証
倒産の朝靴そろえられ

明日を向く靴丹念に磨きあげ

屋台でも天下国家が転び出る

貧乏と欠席理由出すハガキ

ＩＴも時には手抜き拗ねてみせ

渡り鳥お前も派遣だったのか

匕首がのど元に来る江戸払い

原石がちらほら混じる入社式

六文銭こちらもデフレだと言われ

ロボットが来たので俺も上司だな

ヘイトスピーチ今日の私の不発弾

雨が止み笛の瞑想闇を這う

町人と武士の狼藉狂歌集

一ノ矢で死に体になる永田町

交響曲ぬっと顔出すブラームス

老人の錯綜干した都市砂漠

泣けてくる特攻の死に見えるから

国策にのっかりました競走馬

ドーナツの穴の問題値上げの輪

信号が変わるふらつく自衛権

青天の霹靂米の名前です

さか上がりのぞく東京空がない

ルビコン橋渡ると書いて吠えたまま
一銭五厘知ってる人は一握り
ゆっくりとガウディが立つ崖っぷち

スカートを踏まれてからの赤い薔薇

どの箱を空けても歌うカンパ品

赤ン坊一人大人ばかりの国になる

産む機械だからあなたを愛せない
東電は昼行灯を売り出した
サドンデス貧乏人がねらいうち

底なしの沼に払った都民税

一徹を通し帝王学演じ

アンネから女の椅子は飢えたまま

それでもやめぬタバコ千円

九条は母が守ると血の覚悟

正論にジャンヌダルクが来て座る

不遇だと叫べばこだま黙秘権

哲学の道具を捨てて切る火蓋

手の内に飼った悪人面白い

乱れ飛ぶヘイトスピーチ平和ボケ
生きるすべ昔話のつづく道
平和だな何故か涙が止まらない

ゴーギャンの絵の星空は人が好き

精霊の声透き通る水を汲む

ダンディズム枡目で踊るサスペンス

百年の孤独と無敵二十五時

原発の村の踏絵は腹話術

ねがわくばかくありたきと豆を煮る

風に立つ男非正規夜勤あけ

国産の派閥ですから折れません

受胎告知天使を一人抱いています

平家琵琶男の性はただかなし
死刑廃止五右衛門風呂はいかがです
捨てたのは民意埋めたのも民意

無罪です判決までは石を喰う

死者たちに睨まれている吐く言葉

原発の分布図洗う水はなし

通り雨だれかの過去になる男

時を売りわたしを売って汚れてく

悲しくて橋にもたれて見た世間

卵割るそれだけで良い今朝の雨

続編は孤独死でした切れた糸

乗ってます世間の風の騙し舟

腑に落ちぬ昨日がたぎるそして今

発酵は抑えられない自由人

数独と孤独なりふりかまわない

夕焼を足して私の絵が終わる

幸せをくらべはしない銀の匙

家を売る人生を売る0地点

あとがき

川柳の句集を残すことにしたのは「100万回生きたねこ」を読んでからだ。
友人のメールに「『100万回生きたねこ』をよんで眠りにつきます」とあった。
新聞の広告で知っていたが読んでいなかった。

この句集は私のお別れの色としたいのだ。
私の生きた雫の証明と
全力疾走で生きてきた私を

紙面の奥の襞の中の日日の苦悩と残骸を残したいのだ。

私はどうやら男性と思われていたらしく、お眼に掛かると「女性の方でしたか」と言われる事が殆ど。

「知っていましたよ」等と言われようなものなら子供のように嬉しかった。

名前の由来は「秘密です」と言う。

謎めいているのもいいものだ。

ざらついた言葉を吐きたくて何時も飢え、前頭葉の隙間と挌闘しているのだ。

この頃は「締め切りですか」と先に言われ、「また締め切りね」でのたうち回る

私など見える物では無い。

斯くして友は遠ざかる。

日常を非日常にしたのが川柳だ。

景色も見えず人も見ず、されど句は出来ずの葛藤になる。

「にりん草吟社」で池口呑歩先生に会って、ここが苦悩の源泉となる。

遠い昔だ。

その後、全国の著名な柳界の巨匠のご指導を得ることになる。

今はエイジングの日々。

新しい色の楽しみ方として川柳を遣っていると言えば聞こえは良いが、苦悩と苦闘の連日の非日常。

老いは残酷だ。

否定しても追い越していく私の色を染めながら。


「覚えておいて欲しい」

金子兜太の
「夏の海水兵ひとり紛失す」
箕輪厚介の
「死ぬこと以外かすり傷」

竹田麻衣子さんとの出会いがなかったら、この句集は生まれていない。お手数をかけ、私の人生の色に思いがけない魔法を掛けてくださり心から感謝の気持でいっぱいです。ありがとうございました。

平成三十一年一月二〇日

星出　冬馬

星出冬馬

（ほしで・とうま）

大阪府茨木市大手町にて出生。

平成五年、池口呑歩先生主幹「にりん草吟社」に入会。

川柳成増吟社に入会。

星出冬馬川柳句集

再生の命ライオンでありたし

○

2019年 5 月 1 日　初　版

2023年 5 月27日　二　刷

著　者

星　出　冬　馬

発行人

松　岡　恭　子

発行所

新　葉　館　出　版

大阪市東成区玉津1丁目9-16 4F　〒537-0023

TEL06-4259-3777㈹　FAX06-4259-3888

https://shinyokan.jp/

○

定価はカバーに表示してあります。

ISBN978-4-86044-578-2